MINISTERIO DA AGRICULTURA

TERRAS

COMPILAÇÃO PARA ESTUDO

RIO DE JANEIRO
IMPRENSA NACIONAL
1886

todavia   \C ItaúCultural

Machado de Assis

+++++

Terras
Compilação para estudo

Organização e apresentação
Hélio de Seixas Guimarães

++++++++++++++++++++
Todos os livros de Machado de Assis

7.

Apresentação

17.

Sobre esta edição

21.

+++ Terras +++

103.

Notas sobre o texto

105.

Sugestões de leitura

107.

Índices

Apresentação

Hélio de Seixas Guimarães

Terras: Compilação para estudo não traz em suas páginas a assinatura "Machado de Assis", escolhida por Joaquim Maria Machado de Assis para figurar em todos os seus livros autorais, desde *Desencantos*, de 1861, até *Memorial de Aires*, de 1908. Entretanto, esta compilação de leis, decretos, avisos, resoluções, portarias e regulamentos, desacompanhada de qualquer comentário pessoal do escritor, é o único testemunho recolhido em volume de sua atividade como funcionário público, que exerceu por mais de quarenta anos. O tempo que dedicou à burocracia estatal só foi superado por aquele destinado à literatura. Esta o ocupou por mais de meio século, desde os quinze anos até a véspera da morte, aos 69.

A circunstância da produção deste volume publicado pela Imprensa Nacional está indicada no verso da capa: "Feita por ordem do Ilustríssimo e Excelentíssimo Senhor Conselheiro Antônio da Silva Prado, Ministro da Agricultura, Comércio e Obras Públicas [por] M. de A., Chefe de Seção".

M. de A. são as iniciais de Machado de Assis, que desde 7 de dezembro de 1876 fora efetivado como chefe da segunda seção da Secretaria de Estado dos Negócios da Agricultura, Comércio e Obras Públicas, em decreto assinado pela princesa Isabel. Nesse cargo, ele tratava principalmente da execução de duas leis: a de número 2040, de 28 de setembro de 1871, conhecida como Lei do Ventre Livre, e a de número 601, de 18 de setembro de 1850, conhecida como Lei de Terras. Elas procuravam regular duas questões cruciais no Brasil agrário e escravista: a política de terras e a de mão de obra, profundamente articuladas entre si.

A primeira estabelecia em seu artigo 1º que "os filhos de mulher escrava que nascerem no Império desde a data desta lei, serão considerados de condição livre". Os nove artigos seguintes, no entanto, colocavam várias condições para que os nascidos a partir daquele momento efetivamente se tornassem livres. Na prática, os filhos de mulher escravizada poderiam não conseguir a liberdade plena até os 21 anos, servindo gratuitamente a organizações públicas e privadas até atingirem a maioridade. As várias brechas na interpretação da lei davam margem a recursos e apelações, muitas delas avaliadas na seção chefiada por Machado de Assis, e em alguns casos em despachos assinados por ele.

A segunda lei tratava de fazer com que as terras devolutas, ou seja, áreas que, do ponto de vista do Estado e da classe senhorial, não haviam sido efetivamente ocupadas e colonizadas, e as posses, mantidas sem qualquer registro ou título de propriedade, fossem transferidas ao domínio do Estado, que poderia comercializá-las para serem utilizadas em colônias de trabalhadores nacionais e estrangeiros. Além disso, um dos objetivos era a identificação e regularização de terras adquiridas a outros títulos, por exemplo, sesmarias ou posses. Isso envolvia destinar lotes para a fixação da mão de obra estrangeira que começava a se deslocar em número cada vez maior ao Brasil, para substituir a escravizada, que na segunda metade do século XIX ia escasseando com a proibição do tráfico. As questões da propriedade rural e da força de trabalho estavam tão articuladas que a Lei de Terras foi aprovada em 1850, apenas catorze dias depois daquela que proibia o tráfico (era a segunda contra o comércio ilegal de escravizados, já que a primeira, de 1831, deu origem à expressão "para inglês ver", ou seja, simplesmente não foi cumprida).

A aplicação da Lei de Terras também sofreu grande resistência dos proprietários rurais, a ponto de um relatório de 1877 considerar alguns trechos, em vigor por mais de duas décadas, como letra morta. Outro relatório, produzido em 1886 a partir desta compilação feita por Machado de Assis, mostrava que muitas das antigas sesmarias e posses nunca foram regularizadas nem revalidadas, como determinava a lei de 1850, e que as invasões de terras públicas continuavam a se dar, em algumas regiões do país, de forma descontrolada.

Com treze capítulos distribuídos em 43 páginas, *Terras* foi realizado a partir da convocação feita em 1885 a Machado de Assis pelo então ministro da Agricultura, Antônio da Silva Prado. O objetivo declarado era produzir um estudo que oferecesse subsídios para um projeto sobre terras adequado às necessidades do novo momento, quando o incentivo à imigração europeia ganhava força. A utilização das chamadas terras devolutas e posses passava a ter grande importância para a atração e a fixação de novos colonos promovidas por empresas colonizadoras, como a Sociedade Promotora da Imigração, da qual o ministro Antônio da Silva Prado foi um dos fundadores. Entre 1886 e 1895, essa sociedade privada, em articulação com o poder público, trouxe dezenas de milhares de imigrantes para as lavouras paulistas.

Os trechos compilados, quando comparados aos documentos de vários tipos (leis, decretos, avisos ministeriais, regulamentos, instruções) datados desde 1831 até 1885, dão uma ideia do poder de síntese do escritor, que frequentemente reduz o texto da legislação a poucas linhas. Em alguns momentos, a objetividade chega à crueza. A primeira entrada, em que se apresenta o princípio fundamental da Lei de Terras, é exemplar. No texto dela: "Ficam proibidas as aquisições de terras devolutas por outro título que não seja o de compra". Na síntese de Machado: "Só se adquirem por compra". Captava-se assim o espírito da lei, que tornava a terra uma mercadoria, a ser vendida a quem tivesse recursos e pudesse explorá-la de forma lucrativa, e não mais um bem doado a quem prestasse serviços à Coroa, que foi o princípio de aquisição de terras por sesmarias desde o início da colonização.

O conjunto dos excertos selecionados também dá uma ideia do que o Estado procurava regular.

Do princípio geral da aquisição por meio de compra, estariam resguardadas as terras para populações indígenas e para o uso comum: "Reservam-se as terras necessárias para colonização de indígenas, fundação de povoações, abertura de estradas e quaisquer outras servidões, e assento de estabelecimentos públicos, e para a construção naval". Isso, que na lei aparece no artigo 12, ganha destaque na compilação de Machado de Assis, constituindo sua terceira entrada. Enfatiza-se também que as concessões deviam ser legitimadas ou revalidadas por agentes do Estado — juízes, escrivães, engenheiros e agrimensores.

A seleção destaca o que a lei queria coibir: a concessão de terras em medida desproporcional à capacidade de seu uso ("Só se autoriza a concessão de terras, a título de venda, às pessoas que as possam, por si, ou mediante alguma empresa, ou companhia, efetivamente cultivar, e na medida proporcionada às suas forças"); o emprego de mão de obra escravizada para a preparação da terra para uso ("Concederam-se a cada Província 6 léguas em quadro, destinadas exclusivamente à colonização, e nunca podendo ser roteadas por braços escravos"); a concessão de terras de juízes a seus parentes ("Não podem legitimar posses nem revalidar sesmarias de filhos ou genros seus, nem de colaterais até 2º grau"); a extração de madeira de lei de terras pertencentes ao Estado ("Não há lei que autorize o governo a conceder cortes de madeiras de lei nas matas do Estado"); o uso das terras por empresas de extração vegetal ("Indeferiu-se um pedido de terras para fundar uma serraria de madeira"); a posse de terras sem o cultivo ou realização de melhorias ("Revalidam-se as sesmarias ou outras concessões do governo geral ou provincial que se acharem cultivadas ou com princípio de cultura e morada habitual do sesmeiro ou concessionário, ou de quem os represente"). Neste último caso, segue-se a ressalva: "Não é princípio de cultura o simples roçado, derrubada ou queima, de matos ou campos, levantamento de ranchos e outros atos semelhantes".

Machado de Assis também registra o que parecem ser exceções, em tópico regulado por legislação que tinha como fundamento a exploração econômica da terra: "Terras à margem de uma estrada (Espírito Santo) foram mandadas vender a pessoas pobres, pelo preço mínimo, correndo as despesas de medição e demarcação por conta do Estado".

A partir da compilação produzida, o ministro encaminhou, em 21 de julho de 1886, um novo projeto à Câmara, que tramitou rapidamente, tendo sido aprovado em 1º de outubro em terceira discussão e seguido para o Senado, onde ficou sem deliberação até o período republicano.

Essa não era a primeira vez que o escritor se dedicava diretamente ao assunto fundiário e o projeto se perdia nas malhas da burocracia. Em 1878, havia participado de outra comissão encarregada de rever a lei sobre terras devolutas. O trabalho daquela primeira comissão também fora remetido na forma de projeto ao Conselho de Estado, que fez modificações antes de finalmente submetê-lo à Assembleia Geral do Império. Entretanto, a tramitação morosa fez com que fosse substituído pelo projeto elaborado em 1886. Ambos teriam o mesmo destino: o veto dos proprietários de terra e seus representantes.

Além das questões de terras e da mão de obra, a Secretaria de Estado dos Negócios da Agricultura, Comércio e Obras Públicas, que existiu com essa denominação de 1860 a 1891, tinha sob sua responsabilidade uma enorme variedade de atividades e serviços, entre eles: os assuntos concernentes ao desenvolvimento dos diversos ramos da indústria e ao seu ensino profissional; os estabelecimentos industriais e agrícolas; a introdução e o melhoramento de raças de animais e as escolas veterinárias; a coleção e exposição de produtos industriais e agrícolas; a aquisição e distribuição de plantas e sementes; os jardins botânicos e passeios públicos; os institutos agrícolas; a Sociedade Auxiliadora da Indústria Nacional; assuntos relativos à mineração; a concessão de patentes pela invenção e pelo melhoramento de indústria útil e de prêmios pela introdução de indústria estrangeira; as obras públicas gerais no Município da Corte e nas províncias; as estradas de ferro, de rodagem e quaisquer outras; a navegação fluvial e os paquetes; os correios terrestres e marítimos; a iluminação pública da corte; os telégrafos; o serviço da extinção dos incêndios e as companhias de bombeiros.

Como se vê, eram muitas e variadas as atribuições dessa secretaria, que na República foi desdobrada em outras pastas, tais como a da Viação e a do Comércio. Foi nesse ambiente que Machado de Assis passou boa parte da sua vida profissional, exposto a assuntos que envolviam questões cruciais do país e com um posto privilegiado para a observação do Brasil.

Também em relação a essa atividade no funcionalismo público, manteve-se sempre discreto. Embora tivesse trânsito e espaço em vários jornais, nos quais publicou centenas de crônicas ao longo de décadas, raramente trouxe a público assuntos discutidos no âmbito da Secretaria. Mas em pelo menos uma ocasião quebrou a regra. Numa crônica da série "Bons dias!", tratou da solicitação de um funcionário que pediu licença de dois meses, se possível remunerada, para descansar do excesso de trabalho na estação de águas de Caxambu (MG). No despacho, Machado concedeu apenas um mês de licença, reconhecendo o zelo e a prontidão do funcionário para bem servir, alegando que, por isso mesmo, ele não poderia ser dispensado por tanto tempo, e observando com ironia:

> Se tem trabalhado muito, é preciso dizer, por outro lado, que o trabalho é a lei da vida e que sem ele o suplicante não teria hoje a posição culminante que alcançou e na qual espero que se conservará honrosamente por longos anos, como todos havemos mister.[1]

Outro incidente envolvendo o funcionário público Joaquim Maria Machado de Assis se deu no início da República, quando foi incluído por um desafeto numa lista de "monarquistas impenitentes" e "adversários encapuzados do regime republicano". Machado de Assis, que foi um admirador de Pedro II e nunca demonstrou entusiasmo pela República, manteve-se em silêncio. A defesa pública veio de Lúcio de Mendonça, que sintetizou assim a trajetória do amigo de longa data:

> É um filho de si próprio, *ex se natus*, na enérgica expressão de Tácito; obscuro, artista anônimo, tipógrafo, depois revisor de provas, depois noticiarista, depois cronista, folhetinista e poeta, depois chefe incontestado da literatura brasileira. Apenas isto: uma reputação nacional, feita a pouco e pouco, passo a passo, dia por dia, na modéstia, na perseverança e

---

1. Machado de Assis, [Crônica de 16 de junho de 1888]. In: Id., *Bons dias!*. Intr. e notas de John Gledson. 3. ed. Campinas: Ed. da Unicamp, 2008, pp. 133-5.

no trabalho, no honrado trabalho para o pão de cada dia, e no estudo e no esforço nobre para a conquista do saber e da glória. Se há homem para honrar toda uma democracia moderna, é este. Quem quer que tenha uma leve intuição de justiça, uma centelha de paixão republicana, há de venerar este homem.[2]

Terras foi publicado num momento turbulento do país, em que tanto o movimento abolicionista como o republicano ganhavam força, levando à abolição em 1888 e, em 1889, à República. No mesmo ano em que esta compilação foi publicada, começava a ser veiculado *Quincas Borba*, seu romance de produção mais longa e acidentada. Ele saiu em *A Estação*, em partes, no decorrer de cinco anos, com longos intervalos sem o aparecimento de nenhum capítulo, o que não ocorrera com seus romances anteriores. Desde que estreou no gênero, em 1872, o escritor vinha lançando um novo título a cada dois anos, e os que apareceram primeiro em periódico logo em seguida saíram em livro. Em 1886, ele estava a cinco anos das *Memórias póstumas de Brás Cubas*, e *Quincas Borba* só seria concluído e publicado em volume dali a outros cinco anos, em 1891.

Apesar dos percalços e das frustrações, que certamente teve, mas calou, Machado de Assis trabalhou na burocracia estatal até seus últimos dias. Quando morreu, em 29 de setembro de 1908, não estava aposentado, mas afastado por motivos de saúde da sua função de

---

2. Lúcio de Mendonça (sob o pseudônimo Z. Marcas), "História dos sete dias". *A Semana*, Rio de Janeiro, ano v, t. v, n. 39, p. 1, 28 abr. 1894.

diretor-geral de Contabilidade do Ministério da Indústria, Viação e Obras Públicas. O governo brasileiro custeou o "enterro de primeira classe", e o presidente Afonso Pena, em telegrama de pêsames, referiu-se a Machado de Assis não como funcionário público, e sim como "glória da literatura brasileira".

Referências bibliográficas

ASSIS, Machado de. *Correspondência de Machado de Assis, tomo II: 1870-1889*. Coord. de Sergio Paulo Rouanet. Org. e comentários de Irene Moutinho e Sílvia Eleutério. Rio de Janeiro: Academia Brasileira de Letras, 2009.

_____. *Correspondência de Machado de Assis, tomo III: 1890-1900*. Coord. de Sergio Paulo Rouanet. Org. e comentários de Irene Moutinho e Sílvia Eleutério. Rio de Janeiro: Academia Brasileira de Letras, 2011.

BRASIL. MINISTÉRIO DA EDUCAÇÃO E SAÚDE PÚBLICA. *Exposição Machado de Assis: Centenário do nascimento de Machado de Assis: 1839-1939*. Intr. de Augusto Meyer. Rio de Janeiro: Serviço Gráfico do Ministério da Educação e Saúde, 1939.

CARVALHO, José Murilo de. *A construção da ordem: A elite política imperial; Teatro de sombras: A política imperial*. 2. ed. rev. Rio de Janeiro: Ed. UFRJ; Relume-Dumará, 1996.

MACHADO, Ubiratan. *Dicionário de Machado de Assis*. 2. ed. rev. e ampl. São Paulo: Imprensa Oficial; Rio de Janeiro: Academia Brasileira de Letras; Lisboa: Imprensa Nacional, 2021.

MAGALHÃES JÚNIOR, Raimundo. *Vida e obra de Machado de Assis*. 2. ed. rev. e ampl. pelo autor. Rio de Janeiro: Record, 2008. v. 3 e 4.

MENDONÇA, Lúcio de (sob o pseudônimo Z. Marcas). "História dos sete dias". *A Semana*, Rio de Janeiro, ano V, t. V, n. 39, p. 1, 28 abr. 1894.

SOUSA, José Galante de. *Bibliografia de Machado de Assis*. Rio de Janeiro: Instituto Nacional do Livro, 1955.

_____. *Fontes para o estudo de Machado de Assis*. Rio de Janeiro: Instituto Nacional do Livro, 1958.

_____. "Cronologia de Machado de Assis" [1958]. *Cadernos de Literatura Brasileira: Machado de Assis*, São Paulo, Instituto Moreira Salles, n. 23/24, pp. 10-40, jul. 2008.

Sobre esta edição

Esta edição tomou como base a única publicada em vida do autor, que saiu em agosto de 1886 no Rio de Janeiro pela Imprensa Nacional. Para o cotejo, foi utilizado o exemplar pertencente à Hemeroteca do Instituto Histórico e Geográfico Brasileiro.

O estabelecimento do texto orientou-se pelo princípio da máxima fidedignidade àquele tomado como base, adotando as seguintes diretrizes: a pontuação foi mantida, mesmo quando não está em conformidade com os usos atuais; a ortografia foi atualizada, registrando-se as variantes.

Neste volume, foram adotadas as formas mais correntes das seguintes variantes registradas no *Vocabulário ortográfico da língua portuguesa* (6. ed. Rio de Janeiro: Academia Brasileira de Letras, 2021): "excepto", "regímen" e "usufructuário".

Os padrões adotados foram o uso de maiúsculas em leis acompanhadas de numeração; de minúsculas em meses do ano e acidentes geográficos; a notação de artigos e parágrafos até o 9º como ordinais, bem como do primeiro dia do mês; a indicação de ordinais com letra sublinhada e sobrescrita. Nos demais casos, a edição de base foi respeitada quanto ao uso de maiúsculas e minúsculas, incluindo as oscilações.

As abreviaturas empregadas foram "art." (artigo), "av." (aviso), "av. circ." (aviso circular), "cit." (citação, citada, citado), "dec." (decreto), "imp. resol." (imperial resolução), "n." (número), "ns." (números), "ord." (ordem), "port." (portaria), "prov." (província), "reg." (regulamento), "S." (São) e "V." (ver).

Os índices de matérias e de leis e regulamentos, que vinham ao início da edição de base, foram reproduzidos ao fim desta. O índice de matérias e os rostos das seções foram mantidos conforme o livro de 1886, inclusive no que se refere a divergências nos títulos das seções. O de leis e regulamentos os apresenta em ordem cronológica, com a indicação das páginas em que são referidos.

As intervenções no texto que não seguem os princípios indicados anteriormente ou que não se devem a erros evidentes de composição tipográfica vêm indicadas por notas de fim, chamadas por letras.

Machado de Assis

+++++

Terras

Compilação para estudo

FEITA POR ORDEM

DO

ILUSTRÍSSIMO E EXCELENTÍSSIMO SENHOR

CONSELHEIRO ANTÔNIO

DA SILVA PRADO

Ministro da Agricultura, Comércio e Obras Públicas

M. de A.
Chefe de seção

Terras devolutas

+++++

Terras devolutas

Só se adquirem por compra, exceto na zona de dez léguas das fronteiras, onde podem ser concedidas gratuitamente.

Lei n. 601 de 18 de setembro de 1850, art. 1º

São devolutas:
1º As que não se acharem aplicadas a algum uso público; 2º As que não se acharem no domínio particular por qualquer título legítimo, nem forem havidas por sesmarias e outras concessões, não incursas em comisso; 3º As que não se acharem dadas por sesmarias ou outras concessões, que, apesar de incursas em comisso, tiverem sido revalidadas pela Lei n. 601; 4º As que não se acharem ocupadas por posses que, apesar de não se fundarem em título legal, forem legitimadas pela lei citada.

Cit. lei, art. 3º

Reservam-se as terras necessárias
para colonização de indígenas,
fundação de povoações, abertura
de estradas e quaisquer   Cit. lei, art. 12
outras servidões, e assento de
estabelecimentos públicos, e para
a construção naval.

Vendem-se em hasta pública
ou fora dela, em qualquer tempo,
previamente medidas, divididas   Cit. lei, art. 14
e demarcadas.

São pagas à vista.   Cit. lei, art. 14, § 2º

Fixa-se antecipadamente o preço
mínimo de ½ real, 1 real, 1½ e 2
réis por braça quadrada, segundo   Cit. lei, art. 14, § 2º
a qualidade e situação dos lotes.

Fora de hasta pública, o preço
será o que se ajustar, nunca   Cit. lei, art. 14, § 3º
abaixo do mínimo.

Têm preferência na compra das
que lhes forem contíguas os
possuidores de terras de cultura e   Cit. lei, art. 15
criação, se puderem aproveitá-las.

Vendidas, ficam sujeitas a estes ônus:
1º Cessão de terreno para estradas de uma povoação a outra, ou porto de embarque, com indenização de benfeitorias; 2º Servidão gratuita aos vizinhos, para sair a estrada, povoação ou porto, com indenização quando lhes for proveitosa por encurtamento de um quarto e mais de caminho; 3º Concessão de tirada de águas desaproveitadas e a passagem delas, precedendo indenização; 4º Sujeição às leis de minas.

Cit. lei, art. 16, §§ 1º, 2º, 3º, 4º

Os que se apossam delas, ou de alheias, e derrubam matas ou lhes põem fogo, são obrigados a despejo, com perda das benfeitorias, e sofrerão a pena de prisão e multa.

Cit. lei, art. 2º

São conservadores delas os juízes municipais, e assim também os delegados e subdelegados.

Reg. n. 1318, art. 87

O Governo teve autorização para distribuir por venda ou aforamento perpétuo, e pelo modo mais conveniente, 8 lotes de mil braças[A] em quadro, das terras devolutas próximas às linhas de demarcação das colônias militares de Pernambuco e Alagoas, podendo para este efeito somente dispensar na Lei n. 601 de 18 de setembro de 1850.

Lei n. 628 de 17 de setembro de 1851 (art. 11, n. 5)

As Presidências das Províncias do Amazonas, Pará, Paraná e Mato Grosso podem conceder terras devolutas, fora de hasta pública, pagas à vista ou a prazo; e as vendas anteriores ficam revalidadas.

Dec. n. 5655 de 3 de junho de 1874

Campos de uso comum só podem ser usufruídos, e não ocupados por pessoas que neles pretendam estabelecer-se.

Av. de 8 de abril de 1857

Não se consideram devolutas as terras de sesmarias e outras concessões do Governo geral ou provincial, se antes da publicação do reg. de 1854 tiverem passado por título legítimo ao poder de terceiro, nos termos do art. 22 do mesmo regulamento.

Av. de 29 de setembro de 1856

Terras de índios, declaradas nacionais no sentido de devolutas para serem aplicadas na conformidade da Lei n. 601 (av. de 21 de outubro de 1850), foram mandadas aforar, como as terras de marinha, pela mesma forma, e iguais cláusulas.

Lei de 27 de setembro de 1860, art. 11, § 8º
Av. de 6 de junho de 1867
Av. (Fazenda) de 18 de novembro do mesmo ano

Retirou-se às Províncias de S. Paulo, Espírito Santo e Santa Catarina a faculdade que tinham, pelo aviso de 24 de março de 1859, de vender terras devolutas.

Av. circ. de 31 de julho de 1885
Av. de 15 de setembro do mesmo ano

Venda de terras devolutas, feita em hasta pública, deve sê-lo por meio de editais e anúncios, como se pratica no foro civil.

Av. de 23 de julho de 1861

Só se autoriza a concessão de terras, a título de venda, às pessoas que as possam, por si, ou mediante alguma empresa, ou companhia, efetivamente cultivar, e na medida proporcionada às suas forças.

Av. de 20 de novembro de 1862

Venda das terras devolutas e de outros imóveis pertencentes à nação, faz-se por escritura pública.

Av. (Fazenda) de 25 de novembro de 1868

A autorização conferida aos Presidentes do Amazonas, Pará, Paraná e Mato Grosso, pelo dec. de 3 de junho de 1874, não ficou dependente da designação de que trata o n. 5 do § 1º, art. 2º do dec. de 23 de fevereiro de 1876.

Av. de 28 de dezembro de 1877

As vendas de terras dos arts. 21 e 39 do dec. de 3 de junho de 1874 devem correr pela secretaria da Prov. e as de que tratam os arts. 32 e 33 do mesmo dec. pela Tesouraria de Fazenda.

Av. de 18 de novembro de 1878

Em tese, os títulos de venda de terras são passados pela Presidência da Província, e as escrituras pela Tesouraria de Fazenda, sendo que estas têm lugar quando as vendas são feitas em hasta pública, ou quando nelas intervêm aquelas repartições, ato este que está de acordo com os Avs. ns. 515 e 562, de 25 de novembro e 30 de dezembro de 1868.

Av. de 26 de abril de 1879

Terrenos diamantinos (em Minas Gerais) não arrendados em hasta pública, foram considerados devolutos.

Av. (Fazenda) de 6 de agosto de 1879

As terras devolutas na zona de dez léguas da fronteira estão compreendidas na disposição dos arts. 8º, 26 e 27 das instruções aprovadas pelo dec. de 3 de junho de 1874.

Av. de 26 de abril de 1881 (que revogou a autorização, dada ao Presidente pelo de 20 de maio de 1861, de distribuir aos cultores da erva-mate as matas da nação na zona de 10 léguas)

Marcar-se-á prazo para medição das terras concedidas, pagamento do preço e entrega do título. Antes de preenchidas tais condições não poderão os concessionários tomar posse e transferir quaisquer direitos sobre as terras.

Av. circ. de 30 de novembro de 1874
Av. circ. de 19 de janeiro de 1881

Explica-se a circular anterior (19 de janeiro de 1881). Em regra, as vendas devem efetuar-se depois de medidos os lotes, ou quando se possa fazê-lo em prazo breve, não devendo confundir-se o prazo da dita circular para esse fim com o do pagamento, concedido de conformidade com o art. 15 do reg. Não havendo engenheiros, o Presidente que os peça ao Governo, se os compradores não se obrigarem a medir as terras no prazo indicado.

Av. de 14 de dezembro de 1881

A pena de comisso não pode ser aplicada ao comprador que, por falta de pessoal técnico, devidamente autorizado, não pôde demarcar as terras no prazo devido.

Av. de 27 de dezembro de 1882

As de S. Paulo, Espírito Santo e Santa Catarina perderam a autorização concedida por aviso de 24 de março de 1859 para mandar medir e vender terras.

Av. circ. de 31 de julho de 1885, explicada pelo av. de 25 de setembro

Medição de terras faz-se por engenheiros do Governo, e, senão, é indispensável a verificação.

Av. circ. de 30 de novembro de 1874

Não se passa título de venda antes de medidas as terras.

Cit. av.

Fora da zona das fronteiras da Província do Amazonas, e nas que se acham nas mesmas circunstâncias excepcionais, foi o Governo autorizado a conceder terras e campos devolutos para criação de gado, com a condição de serem pagas logo que forem medidas, e revertendo para o domínio nacional as terras, se não forem pagas. Não excederá, em terras de cultura, meia légua, e em^ campos de criar, três.

Lei n. 1114 de 27 de setembro de 1860, art. 11, § 22

Podem ser medidas as terras devolutas por pessoa de confiança do comprador, contanto que seja profissional, nada impedindo que encarregue de tal trabalho o Juiz comissário, não como tal, mas como simples engenheiro.

Av. de 30 de agosto de 1879

Ocupantes de terrenos de marinha, se obtiveram o domínio útil por título competente, e se neste e nos termos anteriores à sua expedição não se impôs a condição de ceder os espaços precisos para vias públicas, têm direito à indenização das benfeitorias e da cessão do domínio útil. No caso contrário prevalece a doutrina do av. de 29 de outubro de 1869.

Av. de 10 de agosto de 1881

Medição e demarcação de terras gratuitas são feitas pelo modo adotado nas onerosas, e constantes dos avs. de 30 de novembro de 1874, 12 de setembro de 1876 e 30 de agosto de 1879.

Av. de 11 de agosto de 1885

Indeferiu-se um pedido de terras para fundar uma serraria de madeira, por não ser aplicável ao caso o art. 11, § 22 da Lei n. 1114 de 27 de setembro^ de 1860, que manda fazer vendas condicionais a bem da lavoura e criação; podendo, porém, o pretendente haver as terras por meio de compra.

Av. de 20 de fevereiro de 1864

Nas fronteiras, na zona de
10 léguas, as terras concedidas são
geralmente sujeitas a estas regras:
Medição em certo prazo;
Colonização com gente livre;
Preço para os colonos não superior
a 8 réis por braça quadrada;
Devolução ao Estado se em prazo, *Av. de 19 de junho de 1885 e muitos outros*
que pode ser de 5 anos, não
estiverem colonizadas, salvo os
direitos dos colonos estabelecidos;
Nenhuma indenização por
benfeitorias;
Estabelecimento pelo menos de 65
famílias em lotes de um milhão de
metros quadrados para cada uma.

Posses

+++++

Posses

Legitimam-se as mansas e pacíficas, adquiridas por ocupação primária, ou havidas do primeiro ocupante, que se acharem cultivadas, ou com princípios de cultura e morada habitual do posseiro ou de quem o represente.

Lei n. 601, art. 5º

Cada posse compreenderá, além do terreno aproveitado ou do necessário para pastagens de animais que tiver o posseiro, outro tanto mais de terreno devoluto que houver contíguo, contanto que não exceda ao todo a uma sesmaria de cultura ou criação, igual às culturas concedidas na mesma ou nas comarcas vizinhas.

Cit. lei, art. 5º, § 1º

Posse que se achar em sesmaria ou outra concessão do governo, não incursa em comisso, ou revalidada pela lei, só dá direito à indenização pelas benfeitorias; salvo se foi declarada boa por sentença, se é anterior à medição da sesmaria e não perturbada por cinco anos, ou posterior, e não perturbada por dez. Em tal caso, goza do favor do § 1º, cabendo ao sesmeiro ou concessionário ficar com as sobras, ou considerar-se foreiro para entrar em rateio. Cit. lei, art. 5º, §§ 2º e 3º

Campos de uso comum serão conservados em toda a extensão de suas divisas. Cit. lei, art. 5º, § 4º

Os simples roçados, derrubadas ou queimas, levantamento de ranchos, e outros atos análogos não são considerados princípio de cultura para a legitimação da posse. Cit. lei, art. 6º

Cai em comisso o posseiro que não medir a posse nos prazos marcados, salvo o terreno que efetivamente ocupar com efetiva cultura. Cit. lei, art. 8º

Posse estabelecida depois do reg. de 1854, não é respeitada.	Reg. n. 1318, art. 20
Posses originariamente adquiridas por ocupação, e não sujeitas a legitimação por se acharem no domínio particular por título legítimo, podem ser contudo legitimadas, se os proprietários pretenderem obter título de possessão.	Reg. n. 1318, art. 59
Prazo para legitimação (art. 33 do reg. de 1854) não pode exceder de um ano.	Av. de 6 de abril de 1857
Ao governo compete marcá-lo.	Av. de 31 de agosto de 1858, que autorizou a Província do Rio Grande do Sul a fazê-lo
Posse transferida a segundo ocupante por título aliás legítimo, mas do qual só se pagou o respectivo imposto depois da publicação do reg. deve ser medida em conformidade do art. 41 do Reg. n. 1318 de 1854.	Av. de 10 de abril de 1858

Consideram-se nulas as posses
em cuja transferência de domínio
se houver pago o imposto de sisa — Av. de 12 de junho de 1863
posteriormente à data do reg. de
30 de janeiro de 1854.

Posseiro, cuja posse tiver sido
anulada, é preferido quando, em
concorrência, pretender comprar — Av. de 13 de junho de 1863
as terras possuídas.

Corre ao posseiro a obrigação de
ceder os terrenos para estradas e
seus melhoramentos, com direito — Av. de 10 de fevereiro de 1871
só a indenização de benfeitorias.

Terras à margem de uma estrada
(Espírito Santo) foram mandadas
vender a pessoas pobres, pelo — Av. de 31 de maio de 1875
preço mínimo, correndo
as despesas de medição e
demarcação por conta do Estado.

Não estão compreendidas nas
disposições do art. 8º da Lei
n. 601 de 18 de setembro de 1850 — Imp. resol. de 12 de setembro de 1876
as posses posteriores ao Reg. — Av. de 24 de setembro de 1877
n. 1318 de 30 de janeiro de 1854, e — Av. de 10 de setembro de 1880, *in fine*
sim as havidas entre a data da lei
e a do reg.

Posse não legitimada pelo primeiro ocupante, e transferida a segundo, por efeito de morte do primeiro, depois da Lei n. 601 de 18 de setembro de 1850 e reg. de 30 de janeiro de 1854, não pode ser medida segundo os limites descritos no formal de partilhas, e sim pelo modo determinado naquele reg.

Av. de 26 de março de 1877

Pagamento de sisa posteriormente ao reg. de 30 de janeiro de 1854 importa a nulidade da venda de terras, não podendo o primeiro ocupante transferi-las a outro, sem obter o competente título de propriedade.

Av. de 29 de março de 1878

Não tem razão de ser o av. de 10 de abril de 1858, expedido para facilitar as legitimações das pequenas posses estabelecidas antes de 1854, e só deve ter aproveitado aos posseiros diligentes em cumprir o preceito legal. O cit. av. de 1858 estabelecia que a posse de pessoa pobre fosse legitimada por conta do Governo.

Av. de 10 de outubro de 1881

Passada em julgado a sentença de medição, qualquer reclamação, apresentada no prazo legal, só pode ser recebida como recurso.

Av. de 19 de junho de 1885

Relativamente ao índio, posseiro, estabelece-se que deve ser considerado primeiro ocupante, nenhum valor jurídico tendo a ocupação de seus antepassados fora do regime comum, sem ânimo de permanência, nem noção da posse e domínio, nem dos seus modos de transmissão.

Av. de 31 de janeiro de 1883

Terras havidas do primeiro ocupante, por compra posterior ao reg. de 30 de setembro de 1854, acham-se sujeitas às disposições do § 3º do art. 24 do dito reg. visto como foram alienadas, contra a proibição do art. 11 da lei de 18 de setembro de 1850.

Av. de 17 de abril de 1865

Proibidas novas posses depois do regulamento de 1854, proibido está o alargamento dos preexistentes, salvo nos termos do processo de legitimação.

Av. de 31 de janeiro de 1883

Sesmarias

+++++

Sesmarias

Revalidam-se as sesmarias ou outras concessões do governo geral ou provincial que se acharem cultivadas ou com princípio de cultura e morada habitual do sesmeiro ou concessionário, ou de quem os represente.

_{Lei n. 601 de 18 de setembro de 1850, art. 4º}

Não é princípio de cultura o simples roçado, derrubada ou queima, de matos ou campos, levantamento de ranchos e outros atos semelhantes.

Cit. lei, art. 6º

Sesmeiro ou concessionário que deixa de medir as terras havidas por sesmarias nos prazos marcados pelo governo cai em comisso e fica apenas mantido na posse do terreno ocupado com efetiva cultura.

Cit. lei, art. 8º

Possuidor de sesmaria que, embora não medida, não está sujeita a revalidação por não se achar já no domínio do concessionário, mas no de outrem por título legítimo, pode obter novo título de propriedade. — Reg. n. 1318, art. 62

Prazo para revalidação (art. 33 do reg. de 1854) não pode exceder de um ano. — Av. de 6 de abril de 1857

Ao sesmeiro corre a obrigação de ceder os terrenos necessários para estrada e seus melhoramentos, com direito só à indenização das benfeitorias. — Av. de 10 de fevereiro de 1871

O art. 26 do reg. de 30 de janeiro de 1854 não obriga à revalidação aqueles que possuem por compra partes das sesmarias, ainda que não pagassem o imposto da sisa antes da publicação do dito reg., uma vez que o tenham feito depois. — Av. de 23 de setembro de 1857

Se as porções de sesmarias pelas quais só agora se pagou a sisa, foram vendidas depois da lei de 1850, sem que ao tempo dela se achassem cumpridas as condições declaradas no § 2º do art. 3º da mesma lei, não pode ser reconhecida a venda, e as sesmarias caíram em comisso.

Av. de 8 de outubro de 1857

Ao Governo Imperial compete marcar os prazos dentro dos quais se meçam e demarquem as sesmarias, que confinarem com terrenos devolutos, embora não estejam sujeitas a revalidação.

Av. de 31 de agosto de 1858 (que autorizou a presidência do Rio Grande a fazê-lo)

Sesmarias e outras concessões que estão em poder de primitivos sesmeiros ou concessionários, não tendo princípio de cultura e morada habitual, quer sejam medidas e demarcadas quer não, são terras devolutas, exceto se, antes da publicação do reg. de 1854, tiverem passado a poder de terceiro, por título legítimo conforme o art. 22 do mesmo reg.

Av. de 29 de setembro de 1856
Av. de 6 de setembro de 1859

Terras em patrimônio
+++++

Terras em patrimônio

Concederam-se a cada Província 6 léguas em quadro, destinadas exclusivamente à colonização, e nunca podendo ser roteadas por braços escravos. Os colonos não poderão transferi-las antes de roteadas, e não cumprida esta condição dentro de cinco anos, voltam ao domínio provincial.

Lei n. 514ª de 28 de outubro de 1848 (art. 16)

A Lei n. 601 não anulou as doações feitas às Províncias pela lei de 28 de outubro de 1848. Veda novas concessões gratuitas.

Av. de 24 de março de 1851

As 6 léguas da lei de 28 de outubro de 1848 serão medidas e demarcadas à custa dos cofres provinciais, fazendo-se a competente distribuição, depois de ter ciência o Governo.

Av. circ. de 27 de dezembro de 1854

Insiste-se na doutrina do av. anterior (27 de dezembro de 1854), porque, embora sejam as assembleias provinciais competentes para legislar sobre colonização, inclusive o modo de distribuir os lotes, contudo não o são quanto à distribuição nominal; demais, tendo o Governo Imperial feito a concessão das 6 léguas, segundo o disposto no § 12 do art. 102 da Constituição, que lhe confere o direito de expedir regulamentos, e como a concessão teve por cláusula serem as terras roteadas por braços livres, as medidas do av. de 27 de dezembro para execução da lei de 28 de outubro de 1848 são as mais convenientes.

Av. de 26 de junho de 1865

Concessão de terrenos de marinha, como patrimônio de câmaras municipais, só pode ser feita pela Assembleia Geral, cabendo apenas ao Governo aforá-los ou cedê-los para logradouro público.

Lei de 15 de novembro de 1831, art. 51, § 14
Instruções (Fazenda) de 14 de nov. de 1832
Av. (Fazenda) de 3 de abril de 1860
Av. (Fazenda) de 25 de setembro de 1866

Terras de aldeamentos

+++++

Terras de aldeamentos

Terrenos abandonados pelos antigos índios não são considerados próprios nacionais, arrecadáveis no sentido dos inscritos com este nome, e sim nacionais no sentido de devolutos para os seguintes fins: ou serem legitimados, vendidos ou aforados, na conformidade do disposto na lei de 18 de setembro de 1850, e respectivo reg. de 30 de janeiro de 1854, e no art. 11, § 8º da Lei n. 1114 de 27 de setembro de 1860, ou terem o destino indicado no av. de 21 de outubro de 1850, a que se refere o de 21 de abril de 1857, explicado pelo de 21 de julho de 1858, quando ocupados por pessoas não descendentes dos índios primitivos.

Av. de 20 de maio de 1869

O Governo pode aforar ou vender as terras que estiverem abandonadas, cedendo porém a parte que julgar suficiente para a cultura dos que nelas ainda permanecerem.

Lei n. 1114 de 27 de setembro de 1860, art. 11, § 8º

Pode alienar as queᴬ estiverem aforadas. O preço é o que for ajustado com o foreiro, ou de 20 vezes o foro e uma joia de 2½%.

Lei n. 2672 de 20 de outubro de 1875, art. 1º, § 1º

Tais terras ficam sujeitas aos ônus dos §§ 1º, 2º, 3º e 4º do art. 16 da Lei n. 1850.

Cit. lei, art. 1º, § 2º

Aquelas em que houver ou possa haver povoações, e as necessárias para logradouro público, farão parte do patrimônio da municipalidade.

Cit. lei, art. 1º, § 3º

Registro de
terras possuídas
+++++

Registro de terras possuídas
(V. Lei n. 601, art. 13)
(V. os arts. 91 a 102 do reg. de 1854)

Regula para o registro das terras como linha de separação a demarcação da décima urbana, declarando-se compreendidos na obrigação do registro todos os terrenos que estão fora da dita demarcação, e se acontecer acharem-se dentro desta alguns destinados à lavoura e criação, o presidente fará uma circunscrição especial.

Av. circ. de 13 de janeiro de 1855

Consideram-se sujeitos ao registro as terras de herança, compra, doação, posses, etc., as de patrimônio de uma freguesia, embora usurpadas por particulares, as possuídas por usufrutuário e que por morte deste tenham de passar a legítimos herdeiros, cumprindo o registro ao atual possuidor, a simples posse consistente em casa, quintal, etc.

Av. de 17 de janeiro de 1855
Av. de 29 de setembro de 1855
Av. de 17 de setembro de 1856

Terras em duas freguesias devem ser registradas em ambas.

Av. de 17 de janeiro de 1855

Terrenos aforados pelas câmaras municipais, estando dentro da linha divisória da circular de 13 de janeiro de 1855, não são sujeitos a registro.	Av. de 29 de setembro de 1855
Arrendatários de terras não são obrigados a registrá-las.	Av. de 15 de fevereiro de 1858
Foreiros nas sesmarias de índios estão sujeitos à multa por falta de registro.	Av. de 15 de fevereiro de 1858
Os presidentes marcarão um prazo para a cobrança das multas por falta de registro das terras; findo ele, serão elas cobradas administrativamente.	Av. circ. de 18 de maio de 1858
Não há contradição entre as palavras do art. 96 do regulamento de 30 de janeiro de 1854 — *cobradas* (as multas) *executivamente*, e as da circular de 18 de maio de 1858 — *cobradas administrativamente*.	Av. de 3 de abril de 1860
Findos os prazos do reg. de 1854 para o registro, será este feito na Repartição Especial das Terras ou na Tesouraria de Fazenda, mediante regras estabelecidas.	Av. circ. de 22 de outubro de 1858 Imp. resol. de 14 de setembro

Pessoa que deixou de registrar em tempo competente diversas posses paga uma só multa;	Av. de 29 de setembro de 1856
Salvo se as posses estão em diferentes freguesias, porque então paga tantas multas quantas forem as posses.	Av. de 25 de junho de 1860
As multas por falta de registro não se pagam só pelo último prazo de falta, mas por todos.	Av. de 19 de outubro de 1859 Av. de 17 de março do mesmo ano
Quem compra terras não registradas não responde pelas multas vencidas, e pode registrá-las.	Av. de 17 de março de 1859 Av. circ. de 24 de janeiro de 1863
A imposição da multa cabe ao chefe da Repartição em que se fizer o registro.	Cit. av.
É inerente à posse a obrigação de dar as terras ao registro. Nada tem com ela o vendedor.	Av. de 5 de junho de 1855
Diferentes posses anexas podem ser registradas por uma só declaração.	Av. de 25 de novembro de 1854

Posses separadas registram-se por declaração separada.	Av. de 25 de novembro de 1854 Av. de 17 de janeiro de 1855
Registro de vínculos faz-se por declaração dos respectivos administradores.	Av. de 17 de janeiro de 1855
Podem incluir-se no registro as declarações de quaisquer indivíduos que se digam possuidores do mesmo terreno, feitas as devidas explicações.	Av. de 22 de março de 1855
Declarações para o registro (arts. 93 e 94 do reg.) não conferem direitos.	Art. 94 do Reg. n. 1318,ᴬ *in fine*
Vigários podem registrar as terras de sua propriedade.	Av. de 23 de novembro de 1854 Av. de 27 de julho de 1855
Multas por falta de registro foram relevadas a possuidores de terras de S. Paulo que não as registraram, uma vez provado: 1º, que são de baixo valor; 2º, falta de meios; 3º, que as farão registrar em prazo novo.	Dec. n. 3584 de 10 de janeiro de 1866

Continuam isentos de selo fixo os documentos e declarações de terras para o registro, e assim vigoram o av. do Ministério do Império de 17 de janeiro, e ord. do Tesouro de 10 de março de 1857.

Av. de 1º de outubro de 1885

Juízes comissários
+++++

Juízes comissários

São nomeados pelos Presidentes de Província.

Reg. n. 1318, art. 30

Salvo legítima escusa, são obrigados a aceitar a nomeação, sob pena de multa.

Cit. reg., art. 31

Procedem à medição e demarcação de posses, sesmarias e outras concessões, e nomeiam os escrivães e os agrimensores.

Cit. reg., art. 34
(V., para o processo, os arts. 36 e seguintes)

São também de sua alçada as questões de limites de todas as posses e sesmarias que confinarem com terras devolutas, quer sujeitas à legitimação e revalidação quer não, ficando assim alterados os arts. 19 e 60 do reg. de 1854.

Dec. n. 2105 de 13 de fevereiro de 1858
Av. circ. de 9 de março do mesmo ano
Av. de 1º de outubro de 1875
Av. de 1º de fevereiro de 1870
Av. de 15 de janeiro de 1877

Só na falta de pessoa habilitada, e em caso de urgência, poderá a nomeação recair em Juízes Municipais.

Av. de 3 de novembro de 1854
Av. de 11 de junho de 1885

Nada percebem, além dos emolumentos pagos pelos sesmeiros e foreiros.	Reg. n. 1318, art. 55 Av. de 22 de janeiro de 1856
Quando não efetivamente empregados na apuração de revalidação e legitimação terão a gratificação mensal de 150$ (os Engenheiros), e de 100$ (os agrimensores), e para que a não vençam sem utilidade serão empregados em algum serviço geral ou provincial.	Av. de 22 de janeiro de 1856
Não podem legitimar posses nem revalidar sesmarias de filhos ou genros seus, nem de colaterais até 2º grau. Em tal caso designa-se um Juiz comissário *ad hoc*.	Av. de 13 de março de 1857
Cabe aos Presidentes marcar-lhes os emolumentos, e aos demais empregados de medições de terras particulares. Não se podem acumular tais vencimentos com os de Juízes municipais.	Av. de 28 de maio de 1864
Compram à sua custa os objetos necessários ao serviço.	Av. de 3 de agosto de 1864
Delegado de Terras Públicas não podia servir de Juiz comissário.	Av. de 29 de agosto de 1870

Não pode a alçada do Juiz comissário abranger mais de um município.	Av. de 13 de dezembro de 1875 Av. de 16 de agosto de 1883
Sendo competentes para intervir em todas as questões de medição, devem resolver os incidentes que apareçam e tenham relação com a questão principal.	Av. de 13 de dezembro de 1875
Compete-lhes fazer estimar por árbitros os limites dos terrenos possuídos, a fim de que o agrimensor calcule a área ali contida.	Av. de 18 de novembro de 1878
Podem medir terras pedidas por particulares, não como Juízes comissários, mas como simples Engenheiros.	Av. de 30 de agosto de 1879
Engenheiro encarregado da medição de terras devolutas e investido do cargo de Juiz comissário pode nesta qualidade conhecer das legitimações e revalidações, e naquela informar, mas não resolver sobre os requerimentos de compras de terras.	Av. de 20 de março de 1880

Juiz comissário é a autoridade competente para, depois do comisso, verificar e manter a posse do terreno cultivado.

Av. de 13 de outubro de 1883

É também competente para tomar conhecimento da validade dos títulos de sesmarias e outras concessões.

Av. de 6 de setembro de 1859

Escrivães não têm vencimentos fixos, percebem apenas uma parte da quantia paga pelo sesmeiro ou posseiro por braça corrente ou quadrada.

Av. de 17 de junho de 1876

Não efetuada a medição de posse (ou sesmaria) por desistência do posseiro (ou do sesmeiro) recebem os Juízes comissários, escrivães e agrimensores os emolumentos marcados aos juízes municipais e empregados nas medições de terras de domínio particular, de conformidade com o reg. de custas.

Av. de 26 de novembro de 1881

Limites interprovinciais
+++++

Limites interprovinciais

Os limites da província do Paraná com a de^A Santa Catarina foram provisoriamente fixados pelo rio Saí-Guaçu, serra do Mar, rio Marombas, desde a vertente até o das Canoas, e por este até o Uruguai.

Dec. n. 3378 de 16 de janeiro de 1865

Legitimação e revalidação de propriedades no território pertencente às duas províncias (Santa Catarina e Paraná), devem ser feitas, pendente a questão de limites, somente no território livre de contestação;

Av. de 14 de agosto de 1878

Posteriormente,[B] estabeleceu-se que se nomeie um só juiz comissário para a medição das terras contestadas, e que este, julgados os autos, os enviem à Presidência que o Governo Imperial designar, observando-se os limites marcados no dec. de 16 de janeiro de 1865.

Av. de 22 de novembro de 1878

Entende-se que essa designação de Presidência deve ser feita à vista de indicação precisa dos lugares em que se acharem as posses, sesmarias e outras concessões.

Av. de 4 de setembro de 1885

Fixaram-se provisoriamente os limites da Província do Espírito Santo com a de Minas Gerais na parte compreendida entre os municípios de Itapemirim e S. Paulo de Muriaé.

Dec. n. 3043 de 10 de janeiro de 1863

Madeiras de lei

+++++

Madeiras de lei

Não há lei que autorize o governo a conceder cortes de madeiras de lei nas matas do Estado.

Imp. resol. de 15 de dezembro de 1883
Av. circ. de 15 de janeiro de 1884

O corte de madeiras de lei nas matas particulares é livre.

Imp. resol. de 17 de julho de 1876
Av. circ. de 3 de junho de 1884

Providências contra o abuso de corte nas matas do Estado.

Av. circ. de 19 de agosto de 1882

Não havendo Juiz Comissário no município, e não residindo o juiz municipal na vila de Santa Cruz (Espírito Santo) permitiu-se que as guias para o despacho fossem passadas pelo subdelegado de polícia.

Av. de 17 de janeiro de 1883

Terras aos voluntários da pátria
+++++

Terras a voluntários

Concede-se a cada voluntário da pátria um prazo de terras de 22.500 braças quadradas nas colônias militares ou agrícolas.

Dec. n. 3371 de 7 de janeiro^A de 1865

As despesas com a medição de tais lotes correm pelo Ministério da Guerra.

Av. de 15 de setembro de 1885

As Presidências de Província podem conceder os prazos aos ex-voluntários que os requererem.

Av. circ. de 19 de setembro de 1885

Não é aplicável a prescrição quinquenal ao direito do voluntário a uma data de terras.

Av. de 29 de abril de 1882

Processo de medição
de posses e sesmarias
+++++

Processo de medição de posses e sesmarias

(V. Juízes comissários, Sesmarias, Posses)
(V. os arts. 32 e seguintes do reg. de 1854)

No caso de suspeição do Presidente da Província deve este transmitir o processo ao substituto legal, dando antes conta ao Governo Imperial dos motivos de suspeição, nada resolvendo antes que este a julgue.

Av. de 8 de julho de 1881

Inspetoria Geral das Terras e Colonização

+++++

Inspetoria Geral das Terras e Colonização

Compõe-se da antiga Comissão Geral das Terras Públicas e da Agência Oficial de Colonização.

Dec. n. 6129 de 23 de fevereiro de 1876

Extinguiram-se as Repartições Especiais de Terras Públicas nas Províncias, e foram revogados os Decretos n. 3254 de 20 de abril de 1864 e n. 5788 de 4 de novembro de 1874.

Cit. dec., arts. 25 e 26

O Ministério da Agricultura entende-se diretamente com a Inspetoria, e esta com seus delegados nas Províncias, sem intervenção dos Presidentes. Isto não impede que estes continuem a exercer nos serviços de que se trata vigilância e fiscalização; podem também suspender, mandar responsabilizar, propor a demissão, licenciar e representar contra os empregados, expedir medidas urgentes, etc.

Av. circ. de 22 de outubro de 1877

São de mera comissão os lugares de auxiliares da Inspetoria Geral das Terras e Colonização.

Av. de 6 de fevereiro de 1878

Faltando Inspetor especial nas Províncias, o atestado de exercício dos empregados deve ser passado pela câmara municipal, ou por qualquer autoridade judicial ou policial.

Av. de 17 de outubro de 1878

Engenheiros, agrimensores

+++++

Engenheiros, agrimensores

Engenheiros em comissão têm direito ao vencimento fixo e à gratificação. Desde, porém, que são obrigados a ir de um ponto para outro, abona-se-lhes uma diária. Em alguns casos a diária é constante pela natureza mesma das comissões, devendo porém cessar logo que comecem os trabalhos de gabinete.

Dec. n. 2922 de 10 de maio^A de 1862
Av. de 7 de março de 1868
Av. de 17 de outubro de 1868

A tabela dos vencimentos está anexa ao

Dec. n. 2922 de 10 de maio de 1862

Engenheiros chefes de comissão têm direito a 18 réis por braça que eles próprios medirem, 8 réis quando o serviço tiver sido executado por duas turmas de agrimensores, 4, 5 réis quando estas forem quatro, e assim por diante em proporção decrescente.

Reg. de 8 de maio de 1854, art. 12
Av. de 12 de setembro de 1876

Aos agrimensores cabe a braçagem de 2 réis por braça até 500; daí para diante, 4 réis.

Cit. reg., art. 13
Cit. av.

Só podem ser empregados em medições engenheiros e agrimensores expressamente comissionados para isso.	Cit. av.
Faltando o Inspetor especial na Prov., o atestado de exercício dos empregados deve ser passado pela câmara municipal ou por qualquer autoridade judicial ou policial.	Av. de 17 de outubro de 1878
As Presidências não podem intervir no exame das contas que os engenheiros devem prestar pelas despesas com a medição e demarcação de terras devolutas e outros trabalhos.	Av. (Fazenda) de 24 de setembro de 1874
Está abolida a prática de adiantar dinheiro aos engenheiros incumbidos de medir terras e estabelecer imigrantes.	Av. de 6 de fevereiro de 1878
Os exames de agrimensor são feitos na Escola Politécnica e no Curso de Infantaria e Cavalaria da província do Rio Grande do Sul, e por aquela se expedem os títulos.	Dec. n. 6922 de 1º de junho de 1878

O título de agrimensor habilita
para a medição das terras,
independente de fiscalização
de engenheiro, uma vez que seja
comissionado pelo Governo, ou
pelo Juiz Comissário nos casos
em que este funcionar.

Av. de 11 de
maio de 1883

Nenhuma gratificação deve ter
o engenheiro sob pretexto de
linhas comuns, porque estas não
precisam de verificação, quando já
anteriormente medidas.

Av. de 6 de
abril de 1863

Qualquer demora na entrega dos
relatórios dos engenheiros, desde
que exceda de oito dias do que
for designado pelo Presidente da
Província, importa o desconto
da gratificação correspondente.

Av. circ. de
24 de abril de 1869

Dado o caso de deixar de haver
trabalho por circunstâncias
independentes da vontade dos
agrimensores, abona-se-lhes,
não sendo domingos ou dias
santos, metade dos vencimentos
fixos, a que eles têm direito nos
dias de trabalho.

Av. (Fazenda) de
8 de fevereiro
de 1856

As Tesourarias de Fazenda podem exigir dos Engenheiros e agrimensores a respectiva carta de habilitação, para o pagamento dos vencimentos.	Av. de 21 de setembro de 1885
Instruções para os relatórios dos Engenheiros, com esta cláusula (8ª) entre outras: "Todas as medidas tomadas deverão ser expressas em braças, e as correspondentes em metros".	Av. circ. de 24 de abril de 1869
Novas instruções para as comissões de discriminação de terras e medição de lotes, sujeitando-as direta e imediatamente à Inspetoria das Terras.	Port. de 18 de novembro de 1884

Notas sobre o texto

p. 30 A. Na edição de 1886, "8 lotes de 100 braços" por lapso.
p. 35 A. Foi acrescentado o "em".
p. 36 A. Na edição de 1886, "22 de setembro" por lapso.
p. 55 A. Na edição de 1886, a lei foi identificada pelo número 574 em todas as referências, por lapso.
p. 60 A. Na edição de 1886, "os que".
p. 66 A. Na edição de 1886, "1308", alterado aqui por se tratar do Decreto 1318 de 30 de janeiro de 1854.
p. 77 A. Foi acrescentado o "de".
B. Na edição de 1886, "Posteriormente" aparece isolado numa linha e, na linha seguinte, tem-se "Estabeleceu-se...".
p. 85 A. Na edição de 1886, a lei aparece datada de 2 de janeiro em todas as referências, por lapso.
p. 97 A. Na edição de 1886, "20 de maio" por lapso.

Sugestões de leitura

ALENCAR, José Almino de. "Dois despachos de Machado de Assis". *Inteligência*, Rio de Janeiro, n. 61, pp. 74-85, abr./maio/jun. 2013. Disponível em: <inteligencia.insightnet.com.br/pdfs/61.pdf>. Acesso em: 6 jun. 2022.

CARVALHO, José Murilo de. "A modernização frustrada: A política de terras no Império". *Revista Brasileira de História*, São Paulo, n. 1, pp. 39-57, 1981.

CHALHOUB, Sidney. *Machado de Assis, historiador*. São Paulo: Companhia das Letras, 2003.

_____; PEREIRA, Leonardo Affonso de M. (Orgs.). *A história contada: Capítulos de história social da literatura no Brasil*. Rio de Janeiro: Nova Fronteira, 1998.

GUEDES, Paulo; HAZIN, Elizabeth. *Machado de Assis e a administração pública federal*. Brasília: Edições do Senado Federal, v. 68, 2006.

IMPRENSA NACIONAL. *Machado de Assis servidor público*. Brasília: Imprensa Nacional, 1995.

MAGALHÃES JÚNIOR, Raimundo. *Machado de Assis, funcionário público (No Império e na República)*. [Rio de Janeiro]: Ministério da Viação e Obras Públicas, Serviço de Documentação, 1958.

_____. "Machado de Assis funcionário público". *Revista do Serviço Público*, Brasília, v. 38, n. 4, pp. 61-72, 1981. Disponível em: <revista.enap.gov.br/index.php/RSP/article/view/2326/1223>. Acesso em: 6 jun. 2022.

_____. *Vida e obra de Machado de Assis*. 2. ed. rev. e ampl. pelo autor. Rio de Janeiro: Record, 2008. v. 3 e 4.

Índices

Terras 21

Índice das matérias
    Terras devolutas 25
    Posses 39
    Sesmarias 47
    Terras em patrimônio 53
    Terras de aldeamento 57
    Registro de terras possuídas 61
    Juízes comissários 69
    Limites interprovinciais 75
    Madeiras de lei 79
    Terras a voluntários da pátria 83
    Processo de medições 87
    Inspetoria Geral das Terras e Colonização . . 91
    Engenheiros, agrimensores 95

Índice das leis e regulamentos
    Lei de 15 de novembro de 1831 56
    Lei n. 514 de 28 de outubro de 1848 . . . 55-6
    Lei n. 601 de 18 de setembro
    de 1850 . . . . . 27, 30-1, 41, 44-6, 49, 55, 59, 63
    Lei n. 628 de 17 de setembro de 1851 30
    Reg. n. 1318 de 30 de janeiro
    de 1854 . . . . 29, 43-5, 50, 59, 64, 66, 71-2
    Reg. (provisório) de 8 de maio de 1854 . . . 97
    Dec. n. 2105 de 13 de fevereiro de 1858 . . . 71

Lei n. 1114 de 27 de setembro
de 1860 . . . . 31, 35-6, 59
Dec. n. 2922 de 10 de maio de 1862 97
Dec. n. 3043 de 10 de janeiro de 1863 78
Dec. n. 3371 de 7 de janeiro de 1865 85
Dec. n. 3378 de 16 de janeiro de 1865 77
Dec. n. 3584 de 10 de janeiro de 1866 66
Dec. n. 5655 de 3 de junho de 1874 . . 30, 32-3
Lei n. 2672 de 20 de outubro de 1875 60
Dec. n. 6129 de 23 de fevereiro de 1876. . . 32, 93
Dec. n. 6922 de 1º de junho de 1878 98

FUNDAÇÃO ITAÚ

PRESIDENTE DO CONSELHO CURADOR
Alfredo Setubal

PRESIDENTE
Eduardo Saron

ITAÚ CULTURAL

SUPERINTENDENTE
Jader Rosa

NÚCLEO CURADORIAS E PROGRAMAÇÃO ARTÍSTICA

GERÊNCIA
Galiana Brasil

COORDENAÇÃO
Andréia Schinasi

PRODUÇÃO-EXECUTIVA
Roberta Roque

AGRADECIMENTO
Claudiney Ferreira

TODAVIA

TRANSCRIÇÃO DE TEXTO
Félix Abramo Guimarães

COTEJO
Karina Okamoto

LEITURA CRÍTICA
Luciana Antonini Schoeps

CONSULTORIA
Paulo Dutra

ASSISTÊNCIA EDITORIAL
Gabrielly Alice da Silva
Karina Okamoto
Mario Santin Frugiuele

PREPARAÇÃO
Huendel Viana

REVISÃO
Erika Nogueira Vieira
Jane Pessoa

PRODUÇÃO EDITORIAL E GRÁFICA
Aline Valli

PROJETO GRÁFICO
Daniel Trench

COMPOSIÇÃO
Estúdio Arquivo
Hannah Uesugi

REPRODUÇÃO DA PÁGINA DE ROSTO
Nino Andrés

TRATAMENTO DE IMAGENS
Carlos Mesquita

© Todavia, 2023
© *organização e apresentação*,
Hélio de Seixas Guimarães, 2023

Todos os direitos desta edição
reservados à Todavia.

Este volume faz parte da coleção
Todos os livros de Machado de Assis.

Dados Internacionais de Catalogação
na Publicação (cip)

Assis, Machado de (1839-1908)
 Terras : Compilação para estudo / Machado de Assis ; organização e apresentação Hélio de Seixas Guimarães. — 2. ed. — São Paulo : Todavia, 2024.
(Todos os livros de Machado de Assis).

Ano da primeira edição original: 1886
isbn 978-65-5692-668-1
isbn da coleção 978-65-5692-697-1

1. Literatura brasileira. 2. Miscelânea. i. Assis, Machado de. ii. Guimarães, Hélio de Seixas. iii. Título.

cdd b869

Índice para catálogo sistemático:
1. Literatura brasileira b869

Bruna Heller — Bibliotecária — crb 10/2348

todavia

Rua Luís Anhaia, 44
05433.020 São Paulo sp
t. 55 11. 3094 0500
www.todavialivros.com.br

As edições de base que deram origem aos 26 volumes da coleção Todos os livros de Machado de Assis oferecem um panorama tipográfico exuberante, como atestam as páginas de rosto incluídas no início de cada obra. Por meio delas, vemos as famílias tipográficas em voga nas oficinas de Paris e do Rio de Janeiro, no momento em que Machado de Assis publicava seus livros. Inspirado por esse conjunto de referências, o designer de tipos Marconi Lima desenvolveu a Machado Serifada, fonte utilizada na composição desta coleção. Impresso em papel Avena pela Forma Certa.